Début d'une série de documents
en couleur

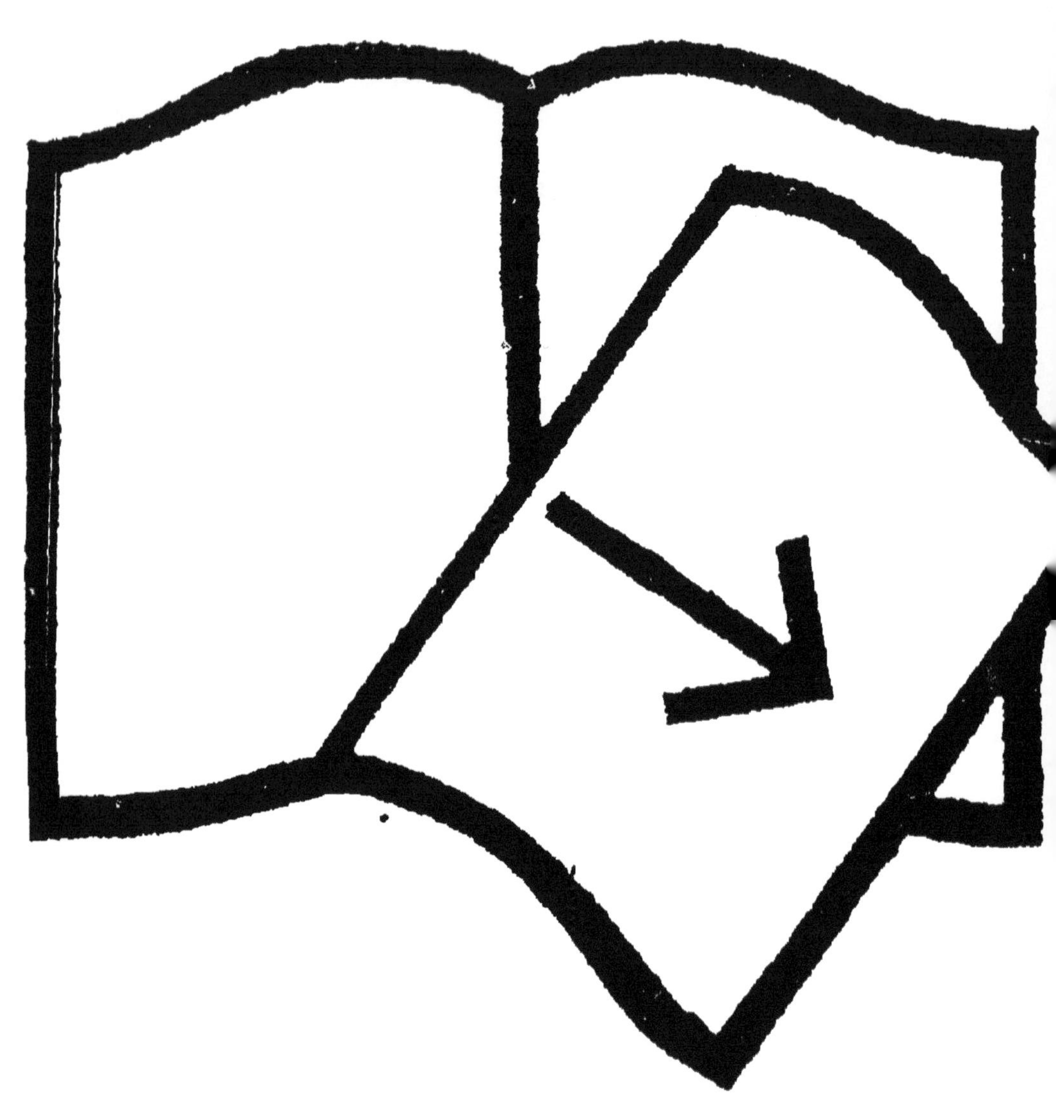

Couverture inférieure manquante

GEORGES D'HEYLLI

MADELEINE BROHAN

SOCIÉTAIRE RETIREE

DE LA COMÉDIE-FRANÇAISE

Portrait à l'eau-forte par AD. LALAUZE *et fac-simile.*

PARIS

TRESSE & STOCK, ÉDITEURS

8, 9, 10, 11, GALERIE DU THÉATRE-FRANÇAIS

Palais-Royal

1886

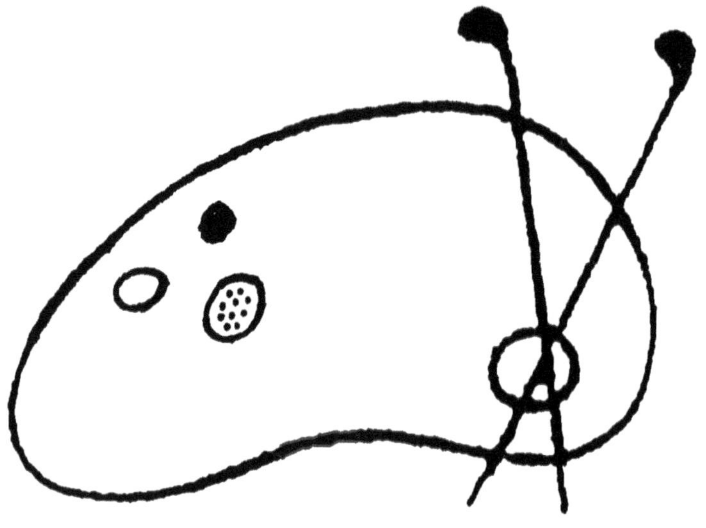

Fin d'une série de documents
en couleur

MADELEINE BROHAN

PUBLICATIONS

du même auteur

SUR LA COMÉDIE-FRANÇAISE

REGNIER, sociétaire. 1 vol. in-18, avec portrait à l'eau-forte. — 1872.

MADAME ARNOULD-PLESSY. Brochure in-18. — 1876.

BRESSANT, sociétaire. 1 vol. in-18, avec portrait à l'eau-forte. — 1877.

LA COMÉDIE-FRANÇAISE (1680-1878), monographie dans la collection des *Foyers et Coulisses*. 2 vol. in-16, avec photographies.

LÉON GUILLARD, archiviste de la Comédie-Française. 1 vol. in-18, avec portrait à l'eau-forte. — 1878.

JOURNAL INTIME DE LA COMÉDIE-FRANÇAISE (1852-1871). 1 fort vol. in-18. — 1879.

LA COMÉDIE-FRANÇAISE (en 1879). 1 vol. grand in-folio, avec 24 portraits en photogravure. Préface par Ed. Thierry. — 1879.

LA COMÉDIE-FRANÇAISE A LONDRES (1871-1879), contenant l'historique des voyages de la Comédie-Française en 1868, 1871 et 1879, par Georges d'Heylli; le Journal inédit de Got (voyage de 1871) et le Journal de Sarcey (voyage de 1879) 1 vol. in-18. — 1880.

VERTEUIL, secrétaire général de la Comédie-Française. 1 vol. in-18, avec portrait à l'eau-forte. — 1882.

RACHEL D'APRÈS SA CORRESPONDANCE, 1 vol. in-8, avec 4 portraits à l'eau-forte. — 1882

BRINDEAU, sociétaire, 1 vol. in-18, avec portrait. — 1882.

DELAUNAY, sociétaire, 1 vol. in-18, avec portrait. — 1883.

DIX MOIS A LA COMÉDIE-FRANÇAISE (Siège et Commune) broch. in-8. — 1885.

IMPRIMERIE GÉNÉRALE DE CHATILLON-SUR-SEINE. — A. PICHAT.

GEORGES D'HEYLLI

MADELEINE BROHAN

SOCIÉTAIRE RETIRÉE DE LA COMÉDIE-FRANÇAISE

Portrait à l'eau-forte par Ad. Lalauze *& fac-simile*

PARIS
TRESSE & STOCK, ÉDITEURS
8, 9, 10, 11, GALERIE DU THÉATRE-FRANÇAIS
PALAIS - ROYAL

1886

GEORGES D'HEYLLI

MADELEINE BROHAN

SOCIÉTAIRE RETIRÉE

DE LA COMÉDIE-FRANÇAISE

Portrait à l'eau-forte par Ad. Lalauze *& fac-simile*

PARIS

TRESSE & STOCK, ÉDITEURS

8, 9, 10, 11, GALERIE DU THÉATRE-FRANÇAIS

PALAIS - ROYAL

1886

8 9bre 89

Avant tout, Monsieur
je dois remercier, vous,
et Madame Nesse —
Non je ne donnerai pas
de représentation d'adieu
J'ai été fort malade,
d'une très grave laryngite.
Aujourd'hui, je vais mieux.
mais je n'oserais risquer
de reparaître devant le
public – La très violente
émotion que j'éprouverais
me couperait absolument
la voix et je ferais
là une fort triste figure
C'est donc fini —
Je suis très heureuse

d'avoir pu, grâce à l'adorable rôle de Taillevent, partir sur un succès. —

à d'autres maintenant. Il faut être philosophe, et je le suis —

Je vous envoie donc le portrait qui a été trouvé le meilleur - si celui que vous avez vous plaît davantage servez vous en

Encore une fois merci Monsieur

Votre

M. Brohan

MADELEINE BROHAN

L'HISTOIRE de Madeleine Brohan pourrait commencer comme un conte des fées : « Il y avait une fois une illustre princesse de théâtre nommée Suzanne Brohan ; elle eut quatre filles belles comme le jour, Augustine, Elisa et Anna, deux jumelles, et Madeleine... Toutes les fées furent conviées au baptême de ces quatre adorables enfants, et leur prodiguèrent tous les dons dont elles pouvaient disposer, la beauté, l'esprit, le talent, etc... Deux surtout furent particulièrement douées par la fée Thalie qui avait déjà répandu sur leur illustre mère ses faveurs les plus précieuses et les plus marquées... » et voilà pourquoi Augustine et Madeleine devinrent toutes deux de si admirables et de si charmantes comédiennes. La bonne fée les traita, en effet, à ce point de vue, d'une façon toute particulière. Pendant les quarante-quatre ans qu'elles ont successivement appartenu au théâtre, elles ont illustré la scène française, et leur nom et leur mémoire demeureront impérissablement inscrits et conservés dans les glorieuses annales du théâtre de la rue de Richelieu.

Elles avaient de qui tenir d'ailleurs ! Leur mère, cette spirituelle [1] Suzanne Brohan, qui évidemment, elle aussi, avait reçu à son berceau la visite de cette même bonne fée bienfaisante, dont je viens de parler, avait un moment brillé avant elles, d'un non moins vif éclat, sur la scène où elles devaient lui succéder avec un éclat bien plus prolongé, et plus durable encore.

Et je veux tout d'abord établir en quelque sorte l'état civil et les services de cette belle lignée des Brohan.

La première en date, la mère de ces quatre sœurs si favorisées par le destin, Augustine-Suzanne était née le 29 janvier 1807 à Paris. Dès l'âge de douze

---

1. Etienne Arago dans sa *Physiologie des foyers de Paris* disait de Suzanne Brohan, en 1841 : « De l'esprit dans la gaîté, de l'esprit dans la parole, de l'esprit aussi dans le silence. »

ans elle travaillait en vue du théâtre, et entrait bientôt au Conservatoire où elle eut pour maîtres Saint-Prix et Lafont. Elle obtenait un deuxième prix de comédie en 1820, et un premier prix l'année suivante. Deux ans plus tard, à la suite de quelques heureuses excursions en province (Orléans, Tours, Angers, etc...) Suzanne Brohan, qui était déjà renommée comme une soubrette exquise et de la meilleure école, débutait, le 30 mai 1823, à l'Odéon dans la Dorine de *Tartufe*, et Lisette des *Folies amoureuses*.

L'Odéon était alors un théâtre bien incertain : les directions y succédaient aux directions et on n'y avait guère réuni qu'une troupe à peu près nomade. Les directeurs s'y ruinant tour à tour, cherchaient à vivoter au moyen d'expédients de tous les genres, et, un beau jour, la musique ayant détrôné momentanément la comédie à ce théâtre, la jeune et belle Suzanne s'en retourna de nouveau en province (à Rouen). Elle rentra cependant une seconde fois à l'Odéon le 1er avril 1827, pour n'y pas rester même une année tout entière, chassée, une fois encore, par l'invasion du dilettantisme. Elle s'en fut alors au Vaudeville où elle débuta, le 23 septembre 1828, dans Denise de *Frontin mari-garçon*, comédie de Scribe.

Ce premier séjour de Suzanne Brohan au Vaudeville fut le plus heureux de toute sa carrière, sans même en excepter la Comédie-Française. Elle y remporta succès sur succès autant par la brillante vivacité de son talent que par le charme de toute sa personne. On ne jurait alors que par elle ; aucun théâtre de second ordre ne possédait dans sa troupe une comédienne plus parfaite, ayant plus de verve, plus de feu, plus d'entrain communicatif, en un mot plus d'action sur le public. La création de Marion Delorme, dans *Marie Mignot*, porta sa réputation à son plus haut degré, et décida de son entrée à la Comédie-Française, où cette première des Brohan débuta le 15 février 1834 dans Suzanne du *Mariage de Figaro* et dans Madelon des *Précieuses ridicules*. Elle y joua aussi Lisette des *Jeux de l'amour et du hasard* et Mad. de Senneville dans la *Petite ville* de Picard.

Le personnage de Suzanne fut le grand triomphe de Suzanne Brohan à la Comédie-Française. Personne, si ce n'est sa fille Augustine, ne l'a depuis interprété avec cette grande liberté d'allures, et cette verve spirituelle et mordante qui ne se démentait jamais. La mère et la fille ont laissé successivement dans ce rôle étincelant des souvenirs inoubliables, et leur interprétation si brillante et si large devra toujours servir de modèle.

Je ne sais trop pourquoi Suzanne Brohan ne fit

que passer à la Comédie-Française. On a parlé jadis de rivalités, de jalousies, de difficultés au sujet de distributions de rôles, etc. Tout cela est déjà bien loin de nous et il serait difficile de dire au juste pour quels motifs cette brillante Suzanne loin d'obtenir le sociétariat, qu'elle méritait autant, sinon plus que bien d'autres, dut quitter la Comédie-Française presque aussitôt après y être entrée. Elle n'avait peut-être pas, après tout, l'esprit suffisamment souple, ou plutôt le sien était-il trop indépendant et ne savait-il pas assez se prêter aux compromissions nécessaires. Quoi qu'il en soit, et sans y insister davantage, disons que Suzanne Brohan retourna de nouveau au Vaudeville, et que c'est dans cette deuxième période de son séjour à ce théâtre qu'elle créa les deux pièces qui lui ont alors fait le plus d'honneur : *Pierre le Rouge* et *un Monsieur et une dame*. Puis une grave affection du larynx l'ayant obligée à prendre un assez long congé, elle se retira tout à coup définitivement du théâtre, en 1842, âgée d'à peine trente-cinq ans. Elle vit encore aujourd'hui, dans une longue et glorieuse retraite, ayant pu assister aux triomphes successifs de celles de ses filles qui ont abordé le théâtre, et ayant même eu la douleur de les voir comme elle prendre, avant la limite ordinaire, une retraite qui a contristé également tout le monde.

Joséphine-Félicité-Augustine, la fille aînée de Suzanne Brohan, a vu le jour à Paris le 2 décembre 1824. Elève de Samson, au Conservatoire, elle obtint un deuxième prix en 1839, un premier en 1840, et débuta à la Comédie-Française le 19 mai 1841 dans Dorine de *Tartufe*, et dans Lisette des *Rivaux d'eux-mêmes*. Sociétaire en octobre 1842, elle a pris sa retraite le 1er janvier 1868, avec une pension de 6,400 francs. Comme devait faire plus tard sa sœur Madeleine, elle n'a pas voulu donner de représentation à son bénéfice.

Tout le monde connaît la brillante carrière d'Augustine Brohan ; elle a surtout conquis sa renommée dans le répertoire classique où elle est encore aujourd'hui demeurée inimitable. Le répertoire moderne l'a moins bien servie, si ce n'est dans des personnages spéciaux rappelant par leur train, leur ton et leur allure, ces soubrettes de la vieille comédie auxquelles elle donnait un caractère si extraordinaire par l'esprit et la verve qui étaient comme les deux marques principales de son talent. Elle a bien dignement quitté la Comédie-Française, qui a fait tout ce qu'elle a pu pour ne pas se séparer d'elle. Mais la malheureuse artiste n'y voyait plus clair en scène, et les feux de la rampe augmentaient encore le terrible mal d'yeux dont elle souffrait depuis longtemps. Elle avait cependant cru pouvoir guérir, et dans ces conditions elle proposa au comité de lui accorder un long congé en ne lui donnant comme traitement, jusqu'à ce qu'elle pût reprendre son service, que le chiffre de la pension à laquelle elle avait droit. A cette proposition le comité répondit, par une lettre que signa l'administrateur général, et dont nous citerons le passage essentiel :

> Du moment que vous espérez reprendre un jour votre service, lui écrivait M. Edouard Thierry, le comité regarde votre lettre comme non avenue et votre proposition devient sans objet. Le Théâtre-Français attendra avec vous le retour de votre santé en prenant, s'il le faut, les mesures nécessaires pour que le répertoire ne souffre pas trop de votre absence. Donnez-vous cependant aux soins qui vous rendront à nous le plus tôt possible. Nous ne mesurons pas le temps à ceux qui en ont besoin pour se rétablir, et nous avons le devoir de retenir parmi nous ceux dont le nom est un lustre pour la Comédie. C'est dire que notre vœu le plus cher est de vous conserver parmi nous et de rattacher, aussi longtemps que nous le pourrons, à la prospérité du Théâtre-Français votre concours toujours heureux, et votre brillante renommée...
>
> ED. THIERRY.

Augustine Brohan crut devoir résister cependant à ces avances si pleines de ménagements et de courtoisie, et ne pas souscrire à une proposition, bien flatteuse il est vrai pour son amour-propre d'artiste, mais qui aurait eu pour résultat de créer, entre elle et ses camarades, une situation d'inégalité qui menaçait d'être bien longue, et qu'elle trouva plus digne de ne pas accepter. Elle se retira donc âgée d'à peine quarante-quatre ans, mais hélas ! elle ne devait pas guérir. Le mal, au contraire s'est aggravé, et ces yeux, qui étaient si pleins de gaîté et de malice à la fois, sont clos pour jamais.

Augustine Brohan a épousé, dans sa retraite, M. Edmond-David de Gheest, ex-secrétaire de la légation de Belgique à Paris, officier de la légion d'honneur, chancelier de l'ordre de Léopold, et qui est décédé à Versailles le 12 juillet 1885.

Les deux filles cadettes de Suzanne Brohan, Elisa et Anna, n'ont pas suivi la même carrière. Elles étaient jumelles, et, circonstance assez curieuse, elles se sont mariées le même jour, 5 juin 1847. L'une, Elisa, a épousé le violoncelliste Samary, qui est aujourd'hui père de la comédienne Marie Samary, de la brillante Sociétaire du Théâtre-Français Jeanne Samary, mariée à M. Lagarde, et enfin de Henry Samary, actuellement pensionnaire de la Comédie-Française. L'autre sœur jumelle a épousé M. Dortet, employé des postes, dont la fille, Camille Dortet, a un moment abordé le théâtre.

La quatrième fille de Suzanne, Emilie-Madeleine

est née à Paris[1] le 21 octobre 1833. Dès l'âge de quinze ans, en 1848, elle fut admise au Conservatoire où elle eut pour professeur, Samson, ce maître des maîtres qui avait façonné à l'art de bien dire tant de comédiennes et même de tragédiennes, dont madame Plessy et la grande Rachel ont été les plus illustres. Dès 1850, à moins de dix-sept ans, Madeleine Brohan était prête à concourir, et elle était presque célèbre avant ce concours même, au moins parmi ses camarades. On vantait déjà non seulement sa beauté, qui a vaincu jusqu'aux atteintes de l'âge, mais son talent naissant, son expérience précoce et beaucoup de qualités rares et précieuses qu'elle devait d'ailleurs non moins à son illustre mère qu'à son professeur. Avant le concours, l'opinion de ceux qui la connaissaient lui avait décerné le premier prix, si bien que lorsqu'elle concourut, le 25 juillet 1850, le jury n'eut qu'à confirmer à l'unanimité de ses membres ce verdict impartial pour avoir raison aux yeux de tout le monde. Ce premier jour, où Madeleine Brohan paraissait devant le public, fut aussi celui de son premier triomphe. Elle l'obtint donc de l'aveu de tous et il fit aussi grand bruit au dehors.

---

1. Dans la maison du vieil hôtel Rambouillet, rue Saint-Thomas du Louvre, rue et hôtel aujourd'hui disparus.

Ce fut pour un jour l'événement artistique important, et les amis de la Comédie-Française s'en réjouirent. Arsène Houssaye, qui administrait alors la grande maison de Molière, s'en fut trouver Suzanne Brohan et lui proposa pour sa fille un engagement immédiat. Scribe, qui achevait avec Ernest Legouvé l'une de leurs plus ingénieuses comédies, en offrait en même temps le principal rôle à Madeleine. Tous les honneurs tombaient à la fois aux pieds de cette jeune et brillante renommée d'un jour à laquelle il ne manquait plus alors que le grand éclat et la consécration définitive du théâtre.

L'engagement fut donc conclu à des conditions pécuniaires suffisamment avantageuses, mais plus grosses par leurs promesses que par leurs réalités immédiates. « Réussissez, dirent à la fois les éminents auteurs des *Contes de la reine de Navarre*, et l'administrateur général de la Comédie-Française, et nous ne vous marchanderons pas les honneurs du sociétariat à bref délai !... ».

Et le 15 octobre 1850, trois mois après son premier prix du Conservatoire, Madeleine Brohan débutait, dans la comédie nouvelle de Scribe et de Legouvé, par le rôle même de la reine de Navarre. Il avait été un moment question de la faire débuter dans Célimène du *Misanthrope*, où elle avait concouru ; mais pour donner plus d'intérêt et d'attrait à ce début, qu'on cherchait à rendre exceptionnel, il sembla qu'une pièce nouvelle serait préférable, et heureusement cette opinion prévalut.

Cette belle soirée fut, en effet, exceptionnelle. « On n'imagine pas, a dit depuis Arsène Houssaye dans ses *Confessions*, le triomphe de cette première soirée ! » Madeleine réunissait en elle, et en même temps, la beauté, l'esprit et le talent ; elle avait déjà une suffisante expérience de la scène et comme une sorte de familiarité native avec les choses du théâtre. Elle joua à ravir ce rôle charmant de Marguerite, qui lui permettait de se montrer sous les côtés les plus séduisants de sa personne. Sa beauté splendide, ses yeux adorables, le timbre délicieux de sa voix, qui résonnait en quelque sorte comme une musique, et qui allait à la fois au cœur et à l'oreille, son élégance, l'art exquis avec lequel elle savait déjà porter le costume, tout en un mot concourut pour assurer à ses débuts le triomphe le plus éclatant et le plus complet qui eût depuis longtemps accueilli une comédienne au Théâtre-Français. Il fallait remonter jusqu'aux débuts même de madame Plessy pour trouver l'exemple d'un succès semblable et aussi spontané. On sait, en effet, que ceux de Rachel passèrent d'abord inaperçus, et que ce n'est qu'après un certain nombre de représentations qu'elle força l'attention publique et qu'elle attira la foule.

La presse ajouta encore, par l'unanimité de son opinion favorable, aux applaudissements du théâtre.

Voici quelques articles empruntés aux critiques influents de l'époque :

Elle a dix-sept ans à peine, écrit Paul de Saint-Victor avec sa plume la plus quintessenciée, mais sa beauté impatiente d'éclore, a déjà brisé ces vagues ondulations de l'adolescence qui sont au corps ce que les enveloppes indécises de l'ébauche sont à la statue tressaillante dans le bloc où triomphe déjà sa divinité. A l'impérieuse élégance de sa démarche, au port d'orgueil et de grâce de sa tête, à la coquetterie altière de son geste, on reconnaît tout de suite une de ces figures sculptées pour le regard de la foule, pour les perspectives idéales du théâtre, pour les fières et suaves attitudes de l'amour et de la passion. Elle est de celles qui n'ont qu'à paraître pour agiter une salle et faire battre aux champs l'applaudissement. Chose rare et charmante, ce beau visage de marbre s'épanouit à tous les souffles du caprice, et les lueurs mouvantes de la physionomie se jouent à l'aise sur le pur ovale de ses traits ; le calme rayon de ses yeux noirs s'évapore avec la saillie aux folles étincelles; les mélodies spirituelles de l'enjouement se marient dans sa voix aux accents vibrants de l'émotion ; sa bouche a tous les sourires : celui qui tend les lèvres comme un arc de finesse et d'ironie, et celui qui voltige sur elles en bluettes de gaieté et de lumière. Elmire, Araminte, Isabelle, la comtesse Almaviva pourront se passer tour à tour, comme le masque de la muse, cette tête expressive et sereine. Elle sera chez elle dans l'hôtel seigneurial du *Misanthrope* comme dans le boudoir pompadour de Marivaux. Sa main pourra lancer ce geste d'éventail de Célimène qui est le coup d'état de la coquetterie dramatique, ou se jouer avec une langueur fiévreuse dans les cheveux de Chérubin agenouillé.

Jules Janin n'est pas moins élogieux: c'est presque dans la loge où Suzanne et sa fille Augustine assistent à la représentation, qu'il en trace le compte rendu suivant :

Ni les applaudissements, ni les rappels, ni les louanges, ni les horoscopes de gloire et d'avenir n'ont manqué au baptême dramatique de cette belle enfant, qui naît à Molière et à la muse dans les fleurs de l'ovation avec un si doux sourire, à la vive clarté d'une étoile fraternelle. Car le spectacle dans cette splendide soirée n'était pas tout entier sur le théâtre ; nous en avons surpris sa plus charmante scène dans la loge de mademoiselle Augustine Brohan où pleurait madame Suzanne Brohan. Il fallait voir avec quelle cordiale ardeur, avec quelle sollicitude passionnée elle suivait de l'œil, du geste, de l'applaudissement, la jeune débutante : inquiète d'abord, puis bientôt rassurée, ravie, attentive aux préludes de cette voix de dix-sept ans qui lui renvoyait comme un écho sympathique le son de son esprit et le timbre de son rire.

Trente-cinq ans plus tard, au troisième volume de ses *Confessions*, qui est plus spécialement consacré à son passage comme administrateur à la Comédie-Française, Arsène Houssaye a écrit ce qui suit au sujet de ces mêmes débuts :

Madeleine Brohan arriva à l'heure où il faut arriver, dans le rayonnement de ses dix-sept années. Belle comme une statue de marbre, c'était une statue de chair s'épanouissant à toutes les mélodies de la jeunesse et de l'intelligence. Il y avait en elle de la Nymphe antique, mais aussi de la Parisienne d'aujourd'hui. Elle souriait comme une déesse, mais tantôt comme une malicieuse de Marivaux, qui sait tout sans avoir rien appris. Combien d'étoiles dans ces beaux yeux noirs, combien de mots ironiques au coin de ces lèvres rouges ! Et quelles adorables ondulations dans son attitude, et quelle grâce impérieuse dans sa démarche! un sculpteur eût fait, en la voyant, une admirable figure de cette muse moderne : la coquetterie sans le savoir.

L'archiviste Laugier, qui est aussi de la maison de Molière, s'exprime à son tour en ces termes :

Les débuts de mademoiselle Madeleine Brohan ont produit une sensation profonde. Elle fait époque, et s'est posée comme un véritable événement dramatique. Pour trouver un équivalent à un retentissement pareil, il faut remonter très loin dans l'histoire du Théâtre-Français, jusqu'aux débuts de mademoiselle Leverd et de mademoiselle Mante. Ceux-ci sont très riches d'espérances ; ils promettent beaucoup, et mademoiselle Madeleine aura beaucoup à tenir. Qu'elle nous rende Célimène, Sylvia, Araminte, rôles divins qu'on n'entrevoit que par des échappées lointaines, et la maison de Molière se réjouira, et le grand art de la comédie aura retrouvé une interprète dans la personne d'une de ses plus gracieuses individualités.

Le talent de mademoiselle Madeleine Brohan est un talent vigoureux. La dernière des Brohan a la jeunesse, la beauté, un éclat extraordinaire, le regard vif et pénétrant, le sourire charmant, le geste rapide et net, la diction pure, la physionomie gracieuse et spirituelle, un charme exquis. Son organe est riche, doux et grave tout ensemble ; il a de la souplesse, il a de l'ampleur. Mademoiselle Madeleine lance le mot avec adresse ; elle dit juste et bien, et l'on saisit au passage comme des réminiscences de la finesse de madame Suzanne et de la vivacité de mademoiselle Augustine Brohan. Bon sang ne ment jamais.

Le lendemain, dans toute l'ivresse du triomphe de cette belle pensionnaire qui lui promet une longue série de grosses recettes, l'administrateur général adresse au ministre, qui n'a pu assister à la représentation, le petit rapport suivant, lequel n'a rien de trop administratif, et qui est plus un joli billet de poète qu'une note sèche et routinière comme aurait pu en écrire un haut fonctionnaire quelconque :

16 octobre 1850

Le début de mademoiselle Madeleine Brohan a été une vraie fête dans la maison de Molière ; c'est la troisième Brohan qu'on saluait comédienne. Elle a la beauté, le timbre d'or, l'esprit et le charme.

Comédienne de race, elle est au théâtre comme chez elle. Elle a osé, du premier coup, la future Célimène, créer le premier rôle dans les *Contes de la Reine de Navarre*. Elle a été charmante hier, elle est charmante aujourd'hui, elle sera plus charmante encore demain. Elle a osé, du premier coup briser les liens de l'Ecole. Quand elle sera un peu plus femme, car elle n'a que dix-sept ans, elle jouera mieux Célimène, mais combien de rôles elle peut jouer déjà! C'est donc une fortune pour le Théâtre-Français qui, au retour de mademoiselle Rachel, aura de brillants lendemains.

Les ennemis de la grande tragédienne se sont émus, mais mademoiselle Rachel m'a écrit qu'elle voulait, elle aussi, applaudir la débutante. Et, en attendant son prochain retour, elle a envoyé une couronne à mademoiselle Madeleine Brohan pour qu'elle eût sa part de cette moisson de fleurs qu'elle recueille à l'étranger. Le talent n'est jamais mieux apprécié que par le génie.

De longues années après, un critique bien obscur alors, puisqu'il ne critiquait tout au plus qu'en province, et peut-être même pas encore, mais qui a fait son chemin depuis, notre confrère et ami Francisque Sarcey, retraçait — en 1876 — les souvenirs de cette belle soirée, qui avait vu le premier début de Madeleine Brohan, et dont il avait recueilli le récit çà et là, en écoutant divers journalistes ou amateurs qui en avaient été les heureux témoins [1].

C'était, nous dit-il, le plus aimable visage que l'on pût voir: de grands yeux, ni trop tendres, ni trop malicieux, mais bienveillants et larges qui faisaient vaguement songer à ceux dont Homère a gratifié Junon ; un sourire engageant,

---

1. *Comédiens et Comédiennes ; La Comédie-Française* par Francisque Sarcey, un vol. grand in-8°. Librairie des Bibliophiles, Paris, 1876.

de fraîches et superbes épaules : un port de déesse qui aurait marché nonchalamment sur des nuages et, par dessus tout cela, un air de candeur et de joie, cette inexprimable grâce de la quinzième année, un soleil de printemps qui éclatait doux et gai à la fois.

La voix était d'or; une voix pleine, harmonieuse, d'un charme pénétrant, qui sonnait à l'oreille comme la lointaine caresse d'une cloche merveilleusement timbrée ; peu de science encore, et peu de diction; mais à quinze ans demande-t-on à une écolière de savoir à fond le plus difficile de tous les arts ?

Il y avait dans son aplomb de petite fille qui ignore le danger, et dans sa gaucherie de jeune pensionnaire un je ne sais quoi d'adorable dont tout le monde se trouva ravi. Ce fut un enchantement. On sait ce qu'est à Paris la vogue et comme elle se change en engouement. Les Aristarques du lundi chantèrent tous à qui mieux mieux les louanges de la nouvelle venue : la foule s'allongea tous les soirs sur les flancs du théâtre en queues interminables. La pièce de Scribe ne valait pas grand'chose, personne n'y fit attention. Qu'importe le cadre quand le portrait est admirable ?

Il y a, dans ce portrait, tracé si longtemps après coup, deux inexactitudes flagrantes. Sarcey, appréciant le talent de Madeleine Brohan sur un début qui datait de vingt-six ans, et auquel il n'avait pas assisté, ne pouvait avoir que des données bien vagues, et il écrivait dans tous les cas en se servant de souvenirs ou de documents vieillis et même effacés. « Peu de science, dit-il, et peu de diction ! » Et dans la même notice, à laquelle nous empruntons ce passage, il dira un peu plus loin que le principal reproche à faire alors à Madeleine Brohan c'était précisément le trop d'aplomb qu'elle apportait dans son jeu. Enfin, selon le futur éminent critique, personne « ne fit attention » à la pièce de Scribe. Or, cette pièce si délaissée selon lui, fut jouée à cette époque 59 fois de suite.

Avant d'arriver à sa deuxième soirée à grand succès, c'est-à-dire au *Misanthrope*, Madeleine Brohan s'essaya dans deux des pièces du répertoire classique qui présentent peut-être le plus de difficultés, et qui exigent surtout la plus grande souplesse de talent. Elle joua, dans la même soirée, trois mois après ses débuts, la comtesse du *Legs* et Sylvia du *Jeu de l'amour et du hasard* [1]. Sa sœur Augustine jouait Lisette. La curiosité aidant, ce fut encore une admirable soirée, où les deux sœurs se partagèrent les applaudissements du public. Théophile Gautier, qui était absent de Paris lors des débuts de Madeleine Brohan, parle d'elle pour la première fois au lendemain de cette même soirée, où la belle débutante se montra si pleine de grâce souveraine et d'élégance dans le

1. Je ne donne ici ni ailleurs aucune date de représentation. Le lecteur les trouvera chronologiquement établies à la fin de cette brochure.

Legs, et si charmante avec une pointe d'émotion très bien jouée, au moment voulu, dans le *Jeu de l'amour et du hasard* où elle représentait à la fois la fausse soubrette et sa maîtresse.

C'est, dit-il, une belle jeune fille, bien faite, à formes d'éphèbe, avec quelque chose d'éclatant, d'agressif et de dominateur dans toute sa personne. Le geste est superbe, l'œil flamboie, la joue brille comme une grenade ; nulle timidité, nul embarras : la grâce est âpre, la beauté crue comme un fruit vert ; le charme a quelque chose d'impérieux, on concevrait ainsi la jeune reine volontaire et fantasque d'une de ces cours impossibles où les poètes ont dénoué tant d'intrigues et noué tant de mariages. Et c'était vraiment un spectacle singulier que le Marivaux entre Madeleine et Augustine, entre la maîtresse et la suivante, presque décontenancé, lui qui a pourtant un beau sang-froid, de cette rapidité éblouissante, de cette verve cruelle qui procède par coups d'emporte-pièce, de cette furie presque féroce de jeu et de débit.

Il y avait des moments où les deux sœurs en présence se renvoyaient le volant avec des coups de raquette si drus et si pressés, qu'on entendait siffler la phrase en l'air sans la voir passer. Tudieu ! quelles Bradamantes et comme, d'une petite saccade du poignet, elles vous lancent un bon mot par dessus le lustre ; avec leurs dents étincelantes dans leurs gencives roses comme des crocs de jeune loup, elles mordaient toutes les deux jusqu'au sang la prose du maître, sans doute pour se faire les lèvres plus vermeilles, et happant chaque phrase au passage l'étranglaient ou la signaient d'une marque d'incisive.

En somme, Théophile Gautier reprochait un

peu aux deux sœurs de mettre « trop de brio, trop d'entrain, trop de feu d'artifice » dans leurs rôles... « Que diable, concluait-il, Marivaux est déjà bien assez spirituel comme cela, n'y ajoutez pas vos yeux, vos dents, vos narines, la phosphorescence de votre beauté, le scintillement de vos toilettes ! » Aimables reproches, douces critiques qui ne faisaient au total, qu'accentuer encore l'éloge et l'approbation.

L'année suivante, Madeleine Brohan reparut encore dans une pièce de Marivaux, remontée spécialement pour elle, et qui ne demeure jamais longtemps au répertoire *la Surprise de l'amour*. La pièce avait trois actes, on fut même obligé, tant elle parut longue, de refondre les deux derniers en un seul. Madeleine y trouva cependant un vif succès. « Elle semble être née, a dit Arsène Houssaye, pour exprimer toutes ces malices de Marivaux ; la nature lui a relevé le coin des lèvres d'un coup de pouce d'artiste, son étoile de comédienne brille dans ses yeux et répand sur sa figure je ne sais quel air narquois même dans les phrases de sentiment. »

Et dans combien de pièces n'a-t-elle point, autant et même plus, agréablement marivaudé depuis! Elle a passé, en effet, par Alfred de Musset dont elle a fait valoir si finement et si délicatement les broderies délicieuses de style dans ces proverbes qui rappellent si souvent Marivaux, mais avec plus de fantaisie, de cette fantaisie de poète inimitable!

Le 22 janvier 1851 Madeleine Brohan se montra pour la première fois à la Comédie-Française dans le rôle de Célimène du *Misanthrope*, rôle si difficile, si complexe, et qui demande pour être bien rempli, tant de qualités diverses, au nombre desquelles les avantages extérieurs doivent presque aller de pair avec le talent. Madeleine y réussit extraordinairement; belle, de cette beauté alors si piquante et si finement provocante, dans toute sa jeunesse et dans toute sa fraîcheur, de haute tenue et d'élégance extrême, mise à ravir, coiffée à miracle, elle n'eut qu'à se montrer pour fasciner et enthousiasmer son public. D'ailleurs, à ce moment, ce grand personnage de Célimène n'avait plus à la Comédie-Française d'interprète suffisant : il y avait pénurie de Célimènes! La pièce elle-même ne paraissait qu'à de longs intervalles sur l'affiche, Molière ne faisait pas recette comme aujourd'hui, même bien joué. Rachel seule attirait la foule, dans la tragédie surtout. Madeleine Brohan reprit donc le rôle de Célimène au bon moment et elle y triompha sans conteste, jusqu'à ce que madame Plessy, revenant de Russie et reparaissant à son tour dans le chef-d'œuvre de Molière, y retrouvât ses grands et merveilleux succès des premiers jours. Ce fut celle-là, la Célimène incomparable, surtout dans cette seconde période de sa glorieuse carrière à la Comédie-Française. Et ce fut aussi, avec l'Elmire de *Tartufe*, celui des divers personnages, du répertoire classique, où Madeleine Brohan a laissé les meilleurs souvenirs [1]. Elle ne joua d'ailleurs *Tartufe* que quelques années plus tard, et elle a été à coup sûr la plus parfaite Elmire que nous ait, en ces dernières années, montrée la Comédie-Française, sans même, cette fois, en excepter madame Plessy. Dans Elmire, représentée par cette dernière, on retrouvait trop Célimène. C'était toujours la grande coquette de comédie qui perçait sous cette bourgeoise aimable que Madeleine a beaucoup mieux et plus complètement, selon nous, personnifiée. Madame Plessy y était trop grande dame; ses grands airs triomphants et vainqueurs semblaient la suivre partout. Madeleine entra mieux dans l'esprit du personnage. Elmire n'est en somme qu'une brave et honnête femme, ordinaire et d'intelligence moyenne, qui n'a jamais frayé avec les marquis. Elle ne pense qu'à sa maison, qu'à son ménage; elle sent bien que son mari n'est pas de haute en-

1. « Madeleine a la beauté et le charme, un air de tête héraldique, une démarche altière, elle sait bien jouer de l'éventail, il n'y a pas dans tout Paris une actrice pour mieux représenter Célimène. » — (Arsène Houssaye.)

vergure ni par sa situation, ni surtout par son caractère, elle se moque de Tartufe et de ses beaux discours, et elle ne prend feu finalement que parce qu'on l'y excite, et qu'on l'y pousse. Alors, elle met toutes voiles dehors et elle simule, pour un moment, la coquetterie féminine la plus raffinée pour faire tomber le traître dans le panneau et ouvrir les yeux de son mari obstinément fermés. Le rôle présente ainsi deux faces différentes qu'il importe de bien faire ressortir. Madame Plessy marquait donc moins cette différence que Madeleine Brohan qui, je le répète, a trouvé dans Elmire son meilleur rôle pour le répertoire classique.

De Molière, elle joua encore Alcmène d'*Amphitryon*, Dorimène, du *Bourgeois gentilhomme*, où elle était admirablement costumée, la *Critique de l'École des femmes* (Uranie) et Philaminte, des *Femmes savantes*. Elle eut, dans *Amphitryon*, un succès tout particulier de tenue et de beauté, et par sa bouche, les vers de Molière semblaient couler, comme sortis de la source la plus mélodieuse et la plus pure. Nous avons vu plusieurs Alcmène, depuis les vingt ans et plus qui se sont écoulés à la suite de cette reprise d'*Amphitryon*, et le souvenir de Madeleine dans ce rôle, qui était si bien fait pour son charme personnel et pour ses grâces corporelles, nous est toujours demeuré présent à la mémoire.

C'est dans *les Caprices de Marianne*, qu'on mit exprès pour elle à la scène, que Madeleine Brohan fit sa deuxième création à la Comédie-Française. Son succès y fut également très vif; son entrée en scène dans son splendide costume vénitien lui avait valu les applaudissements du parterre, même avant qu'elle eût prononcé un seul mot de son rôle. C'est, en effet, sa beauté merveilleuse rehaussée par la brillante couleur des étoffes et l'art exquis avec lequel elle avait drapé sa robe de patricienne, qu'on applaudissait tout d'abord. Musset lui fut d'ailleurs toujours favorable et Marianne a été l'un de ses meilleurs rôles. Elle en accentuait encore la superbe nonchalance et le dédain sceptique, par ses grands airs tour à tour voluptueux et hautains. Plus tard elle joua aussi Hermia, avec un égal succès de beauté, quand elle aborda les rôles de mères dans les mêmes pièces où elle avait jadis représenté les jeunes filles et les jeunes femmes. De Musset elle joua encore trois pièces: *Il faut qu'une porte soit ouverte ou fermée*, *un Caprice* et *le Chandelier*, puis plus tard encore dans les derniers temps elle reprit pendant quelques soirées le rôle de la baronne dans *Il ne faut jurer de rien*. C'est même dans cette pièce qu'elle parut pour la dernière fois sur la scène de la Comédie-Française. Elle était l'actrice née de tous ces personnages où le poète a mis tant de fantaisie, d'ironie et d'esprit. Grande dame dans *Il ne faut jurer de rien*,ou bourgeoise, dans *le Chandelier*, elle sut très bien différencier les deux rôles, et tout le monde se souvient encore du laisser-aller aristocratique avec lequel elle jouait le premier, et de l'allure toute particulière de bourgeoisisme qu'elle sut donner au second. Et cette bourgeoise du *Chandelier* n'était pas une bourgeoise comme tant d'autres : elle avait cependant bien l'air de n'y pas toucher, et si elle péchait par amour, c'était comme inconsciemment. Il était difficile de bien marquer toutes ces diversités de caractère dans la représentation du personnage, et c'est en y réussissant que Madeleine Brohan a surtout excellé.

Sa troisième création eut lieu dans *Mademoiselle de la Seiglière*, ce chef-d'œuvre dramatique de Jules Sandeau qui doit tant à la collaboration de Régnier. Madeleine Brohan y joua très agréablement, et très correctement le joli rôle d'Hélène. Mais il ne nous semble pas qu'elle était faite pour ces personnages de grande sentimentalité et même un peu de pleurnicherie. Et cela est si vrai, que ce fut presque le seul de ce genre qu'elle joua à la Comédie-Française. Elle n'y pouvait montrer suffisamment les grands côtés si brillants de son talent. Elle était avant tout au théâtre, une coquette, une grande coquette. Hélène, de *Mademoiselle de la Seiglière* tourne presque à l'ingénue ,son cœur ne s'éveille que vers la fin de la comédie; dans le roman, elle sacrifie son amour à sa dignité; j'allais presque dire que, dans la pièce, c'est tout le contraire!

L'année suivante, le 15 juillet, elle fut nommée sociétaire, un peu moins de deux ans après ses débuts. Elle avait conquis cette situation par un travail continu, et n'avait pas paru dans moins de treize rôles, dont trois importantes créations.

En 1853, le 7 juin, Madeleine Brohan, âgée de moins de vingt ans, épousa un homme de bourse, Mario Uchard, devenu depuis homme de lettres et qui a trouvé, soit au théâtre, soit dans le roman, de véritables succès et une renommée brillante. Ce mariage ne fut pas heureux. On a publié à ce moment dans les chroniques des petits journaux beaucoup de récits mensongers, et qui cherchaient à être scandaleux, sur les causes de la désunion des deux époux. Je ne crois pas qu'il y ait jamais eu entre eux autre chose que ce qu'on est convenu d'appeler incompatibilité d'humeur, ou de caractère. D'ailleurs, je ne désire aucunement insister sur ce point délicat. Je me borne à ajouter que je ne crois pas non plus que *la Fiammina* et *le Retour du Mari,* les deux pièces de Mario Uchard qu'a représentées la Comédie-Française, aient été composées, ainsi qu'on l'a dit souvent, en quelque sorte comme représailles, et pour étaler par allusions, au grand jour de la scène, les griefs que le mari pouvait avoir contre sa femme. Mario Uchard est un galant homme qui est incapable d'avoir recours à de tels procédés. Au contraire les deux époux, bien que séparés judiciairement, avaient conservé des relations communes qui les mettaient parfois en présence ; enfin il y avait entre eux un lien puissant, un fils, ce qui permettait bien des compromis, et même des atténuations, dans cette situation difficile. D'ailleurs aujourd'hui, cette situation même est absolument liquidée : le divorce a été prononcé entre M. et Madame Mario Uchard le 26 décembre 1884, à la mairie du 9e arrondissement de Paris et dans la salle même où avait été célébrée leur union.

Cependant ce mariage et ses suites jetèrent momentanément dans la carrière de Madeleine Brohan une sorte de désarroi et de trouble moral dont ses moyens se ressentirent. Elle crut devoir, en conséquence, quitter pendant un certain temps, la scène française, et elle demanda et obtint un long congé — un an — qu'elle alla utiliser en Russie. Elle y succédait à madame Plessy qui venait précisément d'opérer sa brillante rentrée à la rue de Richelieu, et qui avait laissé de grands souvenirs chez les Russes. Madeleine Brohan y arrivait à son tour, avec une réputation qui avait déjà passé la frontière et dans le triple éclat de sa jeunesse, de sa beauté et de son talent. Elle fût accueillie avec enthousiasme. Un nouvel empereur, ami des arts et des artistes, Alexandre II venait d'inaugurer son règne, et une cour jeune et brillante, et toute renouvelée s'empressa de faire fête à la délicieuse comédienne. Elle se montra également à Moscou et son triomphe n'y fut pas moins complet. Comme à Paris, sa seule entrée en scène forçait les applaudissements et elle put trouver, grâce à ces succès répétés, une compensation bienheureuse à ses mésaventures conjugales.

Dans l'année de son retour — 1857 — elle reprit *Mademoiselle de Belle-Isle* à la Comédie-Française. Ce ne fut pas un de ses bons rôles : j'ai déjà dit, à propos de *Mademoiselle de la Seiglière*, qu'elle n'était pas faite pour les rôles à sentiments et pleurards. En revanche, elle remporta un bien vif succès dans sa création d'Hélène des *Doigts de fée*, comédie de Scribe et Legouvé, qui fut la pièce en vogue de l'année 1858. C'était un peu ce que nous appellerions aujourd'hui une pièce « à femmes. » Il n'y en avait pas moins de huit, en effet, dans l'interprétation des rôles : Mesdames Madeleine Brohan, Jouassain, Emilie Dubois, Figeac, Edile Riquier, Emma Fleury, Valérie et Castelly. Aussi quel assaut de toilettes ! Il est vrai qu'un acte tout entier de la pièce se passe dans le magasin d'une grande couturière, laquelle n'était autre que Madeleine Brohan. Elle y fut charmante, d'une verve et d'un esprit exquis, et si bien habillée dans la simplicité où l'obligeait son rôle !

L'année suivante, elle joue pour la première fois Beaumarchais. On l'admire en comtesse Almaviva aux côtés de Bressant qui joue aussi pour la première fois le comte. Ce fut une brillante soirée, et un grand succès pour ces deux remarquables artistes qui constituaient, au point de vue plastique, un couple si bien assorti et proportionné.

Puis vint *le Joueur de flûte* d'Emile Augier, représenté malgré l'éviction et les sévérités de la censure. Ce fut encore, pour Madeleine, une soirée à grand succès de tenue et de beauté. Le costume antique lui séyait à ravir.

En l'année 1861 heureuse reprise d'*un Mariage sous Louis* XV, rôle à poudre et nouveau succès. Rien de joli et d'élégant, de précieux et de raffiné comme la délicieuse Comtesse de Candale sous les traits de Madeleine Brohan. La pièce d'Alexandre Dumas faillit cependant lui être fatale. La Comédie-Française était alors l'objet de grands travaux et de remaniements considérables. Ou établissait, sur les deux flancs du théâtre, deux places, avec quinconces et fontaines, qui font aujourd'hui son plus bel ornement extérieur. On avait dû louer, pendant ces travaux, une maison de l'autre côté de la rue de Richelieu pour y installer les loges des artistes, et on avait rejoint cette maison au théâtre par un pont suspendu qui supportait un couloir assez légèrement construit, et dans lequel le vent s'engouffrait volontiers. En traversant ce couloir, pour regagner sa loge, après le spectacle, Madeleine Brohan prit froid, et il s'ensuivit une dangereuse affection du larynx qui nécessita des soins prolongés. Elle fut absente une année environ, obligée d'aller s'installer à Nice, et de renoncer pendant plusieurs mois à l'usage de la parole.

A dater de sa rentrée, qui eut lieu l'année suivante, jusqu'au *Lion amoureux*, Madeleine Brohan ne fit guère parler d'elle. On s'était si bien accoutumé à sa grâce, à sa beauté, à son talent, qui étaient toujours demeurés au même point, et sans progression bien apparente — pour avoir sans doute atteint dès le premier jour à leur perfection possible — que l'admiration qu'on avait eue pour elle perdit, à ce moment, un peu de sa persistance et de son éclat. Ce phénomène, facilement explicable, s'était d'ailleurs produit pour plusieurs de ses plus anciens et de ses plus illustres camarades, Samson, Provost, Régnier, etc., dont les noms paraissant à peu près tous les jours sur l'affiche, dans un répertoire qui se renouvelait rarement, n'avaient plus eux-mêmes leur prestige d'autrefois. On s'était, depuis tant d'années, habitué à les voir toujours en scène, qu'on ne paraissait plus s'apercevoir — comme cela arrivait alors pour Madeleine Brohan — qu'ils avaient un incomparable talent. On était en quelque sorte rassasié de leur supériorité infaillible, et on semblait n'y plus faire autant d'attention.

Madeleine subit, sans se plaindre, cette crise d'indifférence qui devait, d'ailleurs pour elle, n'être que passagère, et dont même elle allait se relever triomphalement. Après l'avoir admirée longtemps sans conteste, on commença à la critiquer. Sarcey lui reprochait de ne pas travailler ses rôles ; Monselet, le doux Monselet lui-même, écrivait sur elle des articles dans le genre du suivant, lequel résume assez bien l'opinion qui se fit jour alors dans certaines appréciations du talent de Madeleine Brohan :

Le talent de cette belle et agréable personne n'est pas de

ceux qui commandent l'admiration et déchaînent l'enthousiasme. Madame Brohan joue bien, dit purement, plaît au regard, mais elle n'a ni cette âpreté, ni « ce coquinisme » auquel se reconnaissent plus ou moins les actrices de race. Il ne lui arrive jamais de faire craquer ses rôles, d'outrer une situation, d'oublier ses camarades et la scène : l'éventail de Célimène s'ouvre et se déploie harmonieusement dans ses admirables mains blanches ; mais n'ayez pas peur qu'il s'y brise broyé entre deux alexandrins fiévreux de Molière. Est-il bien certain qu'elle soit née pour le théâtre ? Elle semble appartenir à cette classe de femmes dont les robes apparaissent sur le perron des châteaux et qui font de leur vie une perpétuelle fête de reine. Je cherche la passion sur ce visage heureux, et je n'y trouve que la grâce. La grâce et la bonté, voilà en effet cette Madeleine Brohan tout entière.

Il y avait certainement là un fonds de vérité. Madeleine Brohan avait eu l'art, en effet, de marquer sa place au premier rang sans cependant s'élever jusqu'à ces hauteurs, en quelque sorte inaccessibles, où ont plané mademoiselle Mars et parfois madame Plessy. L'égalité, la constance de son talent, sa beauté inaltérable, le timbre de sa voix, qui était à la fois de velours et d'or, n'avaient pas changé. Mais — nous ne saurions trop le répéter — le public y était fait depuis longtemps et, comme lui, la critique prenait pour argument que c'était toujours un peu la même chose. Madeleine trouva cependant le moyen de réveiller une fois encore ce public blasé et cette presse assouvie, et le plus vivement et le plus merveilleusement du monde avec sa belle création de la marquise de Maupas dans le *Lion amoureux* de Ponsard. Cette grande dame de l'ancien régime égarée dans un monde nouveau, si différent du sien par les mœurs qu'il inaugurait, trouva en elle une interprète remarquable grâce surtout à sa distinction native et à son charme personnel.

Elle a exprimé avec un rare bonheur, dit Théophile Gautier, l'étonnement de la patricienne mêlée au tourbillon révolutionnaire et amoureuse d'un tribun. Son mouvement de pudeur, lorsqu'elle revêt les modes un peu trop grecques du futur Directoire, est le plus joli du monde. (Janvier 1866).

Dès l'année suivante, elle aborde les rôles un peu plus marqués de l'emploi des grandes coquettes : les grandes dames d'Alfred de Musset qui marivaudent dans un boudoir, Louise dans *une Chaîne*, et même elle crée, dans la pièce de début de Déroulède, *Juan Strenner*, un rôle de femme où elle est la mère de Delaunay. C'est d'ailleurs, le premier rôle de mère d'un fils de cet âge-là qu'elle représente à la scène. Elle prélude ainsi, dans cette époque de transition et de modification de son talent et de ses rôles, à la dernière période de sa carrière, qui devait être si courte, hélas! mais si brillante. Ainsi, dans *le Verre d'eau*, où jadis elle a joué la Reine Anne, avec toute sa beauté et sa jeunesse, elle reparaît, à vingt-un ans de distance, dans le personnage imposant de la duchesse; elle crée, à la même époque, avec un charme et une distinction rares, la marquise de Rumières dans *l'Etrangère*, et reprend la baronne dans *Il ne faut jurer de rien.*

Le 4 juin 1877, sa bonne fortune veut que le rôle de la marquise de Villemer, dans la comédie de George Sand émigrée de l'Odéon au Théâtre Français, lui échoie par suite de la retraite définitive de madame Plessy. On sait quel succès l'y accueillit. Elle avait dû, pour jouer ce rôle qui lui fut si favorable, cacher ses beaux cheveux noirs et amortir, en quelque sorte, l'éclat de ses yeux et le timbre de sa voix toujours si jeune et si sonore. Elle avait dû aussi tempérer son sourire et même rider quelque peu son visage. Ah! la jolie et bien disante marquise! quel enchantement que ce succès du premier soir que partagèrent avec elle Delaunay et Worms. C'était une nouvelle étape de sa carrière, qui commençait pour Madeleine Brohan, comme une seconde manière de son talent, en quelque sorte élargi et agrandi, et qui lui promettait de nouveaux succès.

Elle devait réaliser bien plus brillamment encore cet heureux pronostic dans *le Monde où l'on s'en-*

nuie, où elle fit sa dernière création à la Comédie-Française. Elle trouva, dans cette aimable pièce, d'un parisianisme si parfaitement observé et achevé, sa création la plus complète, et je dirai presque la plus populaire. Depuis *le Marquis de Villemer*, elle avait renoué bail avec le public et avec le succès; mais aucun rôle encore ne lui avait fait autant d'honneur. Elle donna, en effet, à ce personnage délicieux de la duchesse de Réville un ton si spirituel, si vivant et si fin à la fois ! Et comme elle sut demeurer duchesse, tout en laissant percer par endroits le petit bout de l'oreille, et ne se gênant pas pour accuser ses péchés mignons de jeunesse avec un si adorable laisser-aller bon enfant, qui n'excluait cependant jamais le bon goût ni le tact aristocratique de la grande dame. Aussi, quel succès de pièce et d'artistes ! quelle presse, cette fois, tout entière favorable et portant aux nues la principale interprète dont le talent si sûr avait si fortement contribué à cet immense succès. « Madame Plessy, nous disait Sarcey, ne l'eût pas mieux joué qu'elle !... »

Deux cent cinquante fois Madeleine Brohan remplit ce rôle merveilleux qui fut le couronnement de sa carrière. Et il est curieux de constater, à ce propos, qu'aux deux points extrêmes de cette carrière même se dressent les deux plus grands triomphes qui l'aient marquée : celui du début, *les Contes de la Reine de Navarre* qui porta si haut, dès le premier soir, la réputation de Madeleine Brohan ; puis tout à fait celui du point extrême opposé, *le Monde où l'on s'ennuie* où le triomphe de la comédienne ne fut pas moins spontané et fut encore plus considérable.

Ce devait être en effet le dernier. Depuis un certain temps déjà, fatiguée, affaiblie, Madeleine Brohan songeait à prendre sa retraite. Comme avait fait sa sœur Augustine, Madeleine, elle aussi, voulut partir avant la limite ordinaire. Et d'ailleurs quel moment plus favorable pouvait-elle choisir ? Ce n'est pas la Comédie qui la quittait ; ses camarades firent, au contraire, tous leurs efforts pour la retenir ; mais elle préféra se retirer sur le grand succès qu'elle venait de remporter, afin de ne laisser que des regrets avec le souvenir intact de son dernier triomphe.

Elle avait charmé, pendant trente-cinq ans, deux et même trois générations de spectateurs, car nos pères, nos fils, et nous-mêmes, tous nous l'avons successivement admirée et applaudie. Et si même, en présence d'une aussi longue et illustre carrière, la critique ne doit pas perdre ses droits, nous croyons avoir affirmé les nôtres, au cours de cette notice, en marquant d'un trait discret, mais suffisant, nos restrictions et nos réserves.

Pendant ses trente-cinq années de théâtre, Madeleine Brohan a vu cinq directeurs se succéder à la Comédie-Française : Arsène Houssaye à qui elle dut ses débuts [1]; Empis ; Edouard Thierry ; Emile Perrin et même Jules Claretie. Elle eût de bons rapports avec tous, et des relations affectueuses avec quelques-uns. Elle emporte certainement les regrets des trois qui survivent. Le dernier nommé, notre sympathique ami Jules Claretie, n'eut qu'une seule fois l'occasion de faire acte d'administrateur général avec elle. Depuis le 30 décembre 1884. son dernier jour de représentation à la Comédie-Française, Madeleine Brohan avait cessé d'appartenir au théâtre ; mais la question de la représentation de retraite à laquelle elle avait droit, restait

---

1. Elle en conserva toujours une vive reconnaissance à Houssaye. Quand il quitta la direction du Théâtre-Français elle lui adressa le billet suivant :

Janvier 1856.

Mon cher Houssaye,

J'ai été, ainsi que tout le théâtre, désolée d'apprendre que vous nous quittiez. Laissez-moi vous remercier du fond du cœur de l'intérêt que vous m'avez toujours témoigné ; c'est à vous, à vous seul que je dois la position que j'ai aujourd'hui, et je ne l'oublierai jamais.

MADELEINE.

à régler. M. Jules Claretie lui proposa de l'aider de toute son influence pour rendre cette représentation aussi brillante que possible, se mettant à cet effet, tout entier à sa disposition. La sympathie publique aidant, cette soirée suprême pouvait être pour l'amour-propre d'artiste de Madeleine Brohan, l'occasion d'un éclatant triomphe. Ajoutons que ses adieux au théâtre eussent été, en même temps, au point de vue pécuniaire, d'un gros rapport pour elle [1].

Elle résista à toutes les sollicitations. Dans une lettre qu'elle voulut bien nous écrire à ce moment, et que nous nous permettons de reproduire ici, la regrettée comédienne donne les raisons suivantes du refus qu'elle crut devoir opposer aux instances dont elle fut l'objet, en vue de cette soirée de retraite.

8 novembre 1885

Non, je ne donnerai pas de représentation d'adieu. J'ai été fort malade d'une très grave laryngite. Aujourd'hui, je vais

---

1. Cette soirée eût été d'un produit considérable sans doute, si l'on prend pour point de comparaison les trois dernières grandes représentations à bénéfice données au Théâtre-Français. Celle de Régnier en 1872 donna une recette de 18,952 francs ; celle de madame Plessy en 1876 produisit 19,982 francs ; celle de Bressant en 1878 donna 30,285 francs. — Madeleine Brohan se retire avec une retraite de 7,983 francs, et la reprise de ses fonds sociaux.

mieux, mais je n'oserais risquer de reparaître devant le public. La très violente émotion que j'éprouverais, me couperait absolument la voix, et je ferais là une fort triste figure.

C'est donc fini.

Je suis très heureuse d'avoir pu, grâce à l'adorable rôle de Pailleron, partir sur un succès. A d'autres maintenant. Il faut être philosophe, et je le suis...

Votre

M. BROHAN.

Les questions d'argent touchaient d'ailleurs bien peu Madeleine Brohan. Je n'en veux pour preuve que le fait suivant.

On a publié sur elle et sur sa sœur Augustine beaucoup d'histoires, et le plus souvent de racontars invraisemblables ; leur récit, si j'avais cru devoir m'y arrêter, eût doublé cette brochure. Je n'ai voulu en retenir qu'un seul dont l'authenticité est, paraît-il, certaine :

Le 4 avril 1863, un capitaine de l'armée anglaise, Sir James L... se suicidait dans un hôtel garni de la rue Sainte-Anne. Dans ses papiers on trouva un testament parfaitement régulier et valide, par lequel il laissait à Madeleine Brohan la plus grande partie de sa fortune. Mais celle-ci refusa d'accepter et fit savoir à la famille de cet admirateur posthume qu'elle lui abandonnait le legs institué en sa faveur. Il s'agissait d'environ 300,000 francs. C'est avec le même désintéressement des choses d'argent qu'elle a renoncé aux vingt-cinq ou trente mille francs que pouvait lui rapporter sa représentation à bénéfice.

J'ai dit qu'elle emportait les regrets de l'administration du Théâtre-Français ; je crois pouvoir ajouter qu'elle n'est pas moins regrettée de tous ses camarades, qui avaient pour elle une déférence affectueuse et une estime sincère. Elle avait su se tenir, malgré son esprit caustique, toujours sur la réserve la plus bienveillante et la plus discrète à l'égard d'eux tous ; on l'aimait pour sa bonté devenue proverbiale [1], on l'appréciait pour son talent, et elle n'a laissé que des amis dans cette illustre Maison à la haute fortune de laquelle elle a si longtemps coopéré. En partant, elle n'a voulu oublier personne et les moindres employés du théâtre

---

1. Au bas d'un portrait de Madeleine Brohan, « de la bonne Madeleine, » ainsi qu'on l'appelait familièrement au théâtre, Alex. Dumas père avait écrit les vers suivants :

Reine de l'éventail, elle a de Célimène
Les grands airs et l'esprit sans la méchanceté ;
Mais oubliant les traits aigus de l'inhumaine
S'il eût connu son cœur, Alceste fût resté.

Lire aussi, à ce sujet, une étude sur Madeleine Brohan dans le « Médailler » de l'ancien journal *Le Nain jaune*, signée J. M. Leriche.

n'ont eu qu'à se louer de la générosité de ses adieux.

Et je citerai encore ici Arsène Houssaye :

« Je voudrais, a-t-il dit au 3e volume de ses *Confessions*, qu'on peignît les trois Brohan à la Comédie-Française, sur une toile immortelle signée Carolus Duran... Elles laisseront le souvenir de l'esprit, de la passion, de la grâce et du charme... Il faut rebrousser chemin jusqu'aux trois Poisson pour trouver une aussi glorieuse famille théâtrale. Et quelles femmes charmantes dans la vie privée ! on les a accusées d'avoir trop d'esprit ; tout le monde n'est pas assez heureux pour être bête... »

Je ne saurais à coup sûr mieux dire, — ni mieux finir.

Novembre 1885.

LISTE CHRONOLOGIQUE

DES

ROLES CRÉÉS OU REPRIS

PAR

MADELEINE BROHAN

A la Comédie-Française

LISTE CHRONOLOGIQUE

DES ROLES CRÉÉS OU REPRIS

PAR MADELEINE BROHAN

A LA COMÉDIE-FRANÇAISE

1850

1. — 15 octobre (création et débuts) : *Les Contes de la Reine de Navarre*, comédie en 5 actes de Scribe et Legouvé (Marguerite).

1851

2. — 18 janvier : *Le Legs*, comédie en 1 acte de Marivaux (La Comtesse).

3. — *Le Jeu de l'amour et du hasard*, comédie en 3 actes de Marivaux (Sylvia).

   Augustine Brohan remplit le rôle de Lisette.

4. — 22 janvier : *Le Misanthrope*, comédie en 5 actes de Molière (Célimène).

5. — 6 avril : *Le Roman d'une heure*, comédie en 1 acte d'Hoffmann (Lucile).

6. — 8 mai : *La Gageure imprévue*, comédie en 1 acte de Sedaine (Madame de Clainville).

Représentation de retraite de mademoiselle Anaïs ; mademoiselle Rachel joue le 3e acte de *Marie Stuart*, et la bénéficiaire reparaît dans le rôle de Victorine du *Philosophe sans le savoir* qui complète le spectacle.

7. — 14 juin (création) : *Les Caprices de Marianne* comédie en 2 actes d'Alfred de Musset.

Provost père crée Claudio — Delaunay fait Cœlio et Brindeau joue Octave, rôle que Delaunay reprendra vingt-huit ans plus tard ; enfin madame Moreau-Sainti crée le personnage d'Hermia que Madeleine Brohan jouera à son tour en 1878.

8. — 25 juillet: *Les Suites d'un bal masqué*, comédie en 1 acte de madame de Bawr (Madame Belmont).

9. — 8 septembre : *Les demoiselles de Saint-Cyr*, comédie en 4 actes d'Alex. Dumas (Charlotte).

Augustine Brohan joue le rôle de Louise.

10. — 4 novembre (création) : *Mademoiselle de la Seiglière*, comédie en 4 actes de Jules Sandeau (Hélène).

Madeleine Brohan, vingt-huit ans plus tard, reprendra le rôle de la baronne de Vaubert que crée aujourd'hui mademoiselle Nathalie.

1852

11. — 5 avril (création) : *L'un et l'autre*, comédie en 1 acte en prose de madame Roger de Beauvoir (La Comtesse).

12. — 5 mai : *L'Ecole des Vieillards*, comédie en 5 actes de Casimir Delavigne (Hortense).

13. — 22 mai : *La Surprise de l'amour*, comédie en 3 actes de Marivaux (La Marquise).

La pièce a été réduite en deux actes le 22 juin suivant — Got jouait le valet, Monrose Hortensius, Mirecourt le chevalier et mademoiselle Biron Lisette.

14. — 24 septembre (création) : *Stella*, comédie en 4 actes en prose de Francis Wey (Stella).

1853

15. — 25 février (création) : *La Malaria*, drame en 1 acte, en vers, du marquis de Belloy (Pia).

16. — 12 avril : *Tartufe*, comédie en 5 actes de Molière (Elmire).

Dans une représentation au bénéfice de Ligier au théâtre de la Porte Saint-Martin. Elle ne reprit aux Français ce rôle, dont mademoiselle Denain était titulaire, que le 22 avril 1855. Elle le joua le 8 août de cette dernière année dans la représentation de retraite de madame Demerson. La Ristori paraissait ce même soir, pour la première fois sur la scène de la rue de Richelieu, dans *Maria Stuarda*. Recette 8,196 fr.

17. — 3 juin : *Le Mari de la veuve*, comédie en 1 acte d'Alex. Dumas (madame Vertpré).

18. — 5 novembre (création) : *Une journée d'Agrippa*

d'Aubigné, drame en 5 actes, en vers, d'Edouard Foussier (Armande d'Aubigné).

19. — 23 décembre (création) : *La Pierre de touche*, comédie en 5 actes, en prose, d'Emile Augier et Jules Sandeau (Frédérique).

Insuccès : la pièce disparut de l'affiche après quelques représentations. La première soirée avait été très houleuse, et il y eut même des sifflets, malgré la présence de l'Empereur et de l'Impératrice.

1854

20. — 7 mars : *Le Verre d'eau*, comédie en 5 actes de Scribe (La Reine).

Vingt-un ans plus tard Madeleine Brohan jouera le rôle de la Duchesse que tient à ce moment madame Allan. — C'est aussi le soir du deuxième début de Bressant à la Comédie-Française.

21. — 10 novembre (création) : *La Niaise*, comédie en 5 actes en prose, de Mazères (madame de Salbry).

Insuccès. La pièce parut interminable. L'auteur refondit alors les deux derniers actes en un seul, et la seconde représentation eut lieu le 13 du même mois, mais sans plus de succès

1855

22. — 7 juin (création) : *Par droit de conquête*,

comédie en 3 actes en prose d'Ernest Legouvé (Alice Rochegune).

1857

23. — 16 juillet : *Mademoiselle de Belle-Isle*, comédie en 5 actes d'Alex. Dumas (Mademoiselle de Belle-Isle).

Sa sœur Augustine joue le rôle de la Marquise de Prie.

1858

24. — 29 mars (création) : *Les Doigts de fée*, comédie en 5 actes en prose de Scribe et Legouvé (Hélène).

25. — 6 décembre : *Oscar, ou le mari qui trompe sa femme*, comédie en 3 actes de Scribe (Juliette).

Le rôle a été créé par mademoiselle Denain. Augustine Brohan reprend celui de Manette qu'elle a créé en 1842.

26. — 27 décembre : *Les Deux Ménages*, comédie en 3 actes de Picard, Wafflard et Fulgence (Madame Dorsay).

Le rôle a été créé par madame Anaïs à la Comédie-Française. Augustine reprend le rôle de madame Bourdeuil qu'elle a également créé en 1843. La pièce a été jouée pour la première fois à l'Odéon, le 31 mars 1822.

1859

27. — 1 mars (création) : *Rêves d'amour*, comédie en 3 actes de Scribe et de Biéville (Jeanne).

C'est la dernière pièce donnée par Scribe à la Comédie-Française. Elle n'a pas réussi.

28. — 16 juin : *Le Mariage de Figaro*, comédie en 5 actes de Beaumarchais (La Comtesse).

C'est également la première fois que Bressant joue Almaviva. La pièce a été remontée avec un très grand soin : Régnier joue Figaro ; Samson, Bridoison ; Provost, Antonio ; Barré, Bartolo ; mesdames Augustine Brohan, Suzanne ; Fix, Chérubin ; Jouassain, Marceline, et Savary, Fanchette. Il y a, au quatrième acte, un petit ballet dansé par les artistes de l'Opéra. Grand succès de cette reprise.

1860

29. — 14 février : *Le Joueur de flûte*, comédie en 1 acte en vers d'Emile Augier (Laïs).

C'est à la maison romaine du prince Napoléon, à la suite d'un banquet tout à fait romain, auquel assistaient l'Empereur et l'Impératrice, qu'eut d'abord lieu cette reprise. La pièce ne fut jouée à la Comédie-Française que le 3 avril suivant, et non sans de vives résistances de la censure. Il fallut l'intervention impériale pour que la reprise fût autorisée ; aussi, chez le prince Napoléon, les cartes d'invitation portaientelles en exergue, ces mots : *invito censore*. C'est d'ailleurs ce qui sauva la pièce. Il était bien difficile, en effet, d'interdire une comédie qui avait d'abord été jouée devant d'aussi augustes spectateurs.

Le rôle que reprend Madeleine Brohan a été créé par mademoiselle Nathalie le 19 décembre 1850 ; Barré remplace Got qui avait créé Bomilcar, et MM. Geffroy et Samson reprennent leurs personnages de Chalcidias et de Psaumis.

30. — 14 mai (création) : *Les Deux Veuves*, comédie en 1 acte de Félicien Mallefille (Laure).

La pièce portait d'abord pour titre : *Les regrets éternels*. Elle n'a que trois personnages, deux femmes jouées par Augustine et Madeleine Brohan et un garde-chasse très plaisamment interprété par Monrose. Le succès en a été prolongé. En 1885, cette amusante comédie a passé du Théâtre-Français au Gymnase.

1861

31. — 19 mai : *Un Mariage sous Louis XV*, comédie en 4 actes d'Alex. Dumas (Comtesse de Candale).

Cette reprise a lieu sur la petite scène du palais des Tuileries, devant toute la cour. La pièce n'est jouée que le 21 à la Comédie-Française. Représentée d'abord en 5 actes le 1er juin 1841, cette jolie, mais un peu longue comédie, a été réduite en 4 actes par M. Régnier. C'est madame Plessy qui a créé le rôle que reprend aujourd'hui Madeleine Brohan.

1863

32. — 12 juin: (création) *Une loge d'opéra*, comédie en 1 acte de Jules Lecomte (Madame de Liria.)

Bressant, Coquelin et mademoiselle Rosa Didier créent les trois autres rôles de la pièce.

1864

33. — 16 mars (création) : *Voltaire au foyer*, à-propos en 1 acte, en vers, de M. Amédée Rolland (madame Contat).

On inaugure ce soir-là le théâtre complété et restauré, et notamment le magnifique escalier et le nouveau foyer dus à l'architecte de Chabrol, mort depuis (9 mars 1875). L'à-propos de M. Amédée Rolland est très amusant et a obtenu un vif succès. On ne l'a cependant représenté que deux fois.

34. — 15 décembre : *Le Cheveu blanc*, comédie en 1 acte, en prose d'Octave Feuillet (Clotilde).

La pièce, qui a d'abord paru dans la *Revue des Deux Mondes* (1er mai 1853), a été créée au Gymnase par Adolphe Dupuis et madame Rose Chéri. C'est Bressant qui joue aujourd'hui le rôle de Dupuis.

1865

35. — 23 janvier : *Amphitryon*, comédie en 5 actes en vers de Molière (Alcmène).

Augustine Brohan joue le rôle de Cléanthis.

36. — 18 février : *Le Bourgeois gentilhomme*, comédie en 5 actes de Molière (Dorimène).

Représentation de retraite de Geffroy qui joue les 3e et 4e actes de *Louis XI*. L'excellent artiste reparaît ensuite dans le *Bourgeois gentilhomme* remplaçant à l'improviste dans le rôle de Dorante, et la brochure à la main, son camarade Leroux indisposé. Augustine Brohan jouait Nicole. — Recette : 14,441 francs.

37. — 9 septembre (création) : *Une Amie*, comédie en 1 acte, en vers, de M. Emile Bergerat (La marquise).

C'est madame Madeleine Brohan qui a patronné, auprès du comité, cette première œuvre dramatique de l'un des deux gendres de Th. Gautier.

1866

38. — 18 janvier (création) : *Le Lion amoureux*, comédie en 5 actes, en vers, de Fr. Ponsard (Marquise de Maupas).

J'ai donné, dans mon volume *Journal intime de la Comédie-Française* (un vol. in-18, Dentu, éditeur, 1879), tous les détails possibles sur cette pièce et surtout sur sa si curieuse première représentation. J'y renvoie le lecteur. Elle eut cent représentations de suite, jusqu'au 10 juin. Les trente premières soirées donnèrent une moyenne de recette de 5,753 fr.

Sa centième produisit encore, en pleine chaleur, 1,597 fr. Reprise plus tard, la pièce a eu moins de succès ; mais en 1870, au moment de la guerre, elle a retrouvé, en raison de certaines des grandes scènes patriotiques qu'elle renferme, une nouvelle vogue de triste actualité. Nous croyons qu'elle ne produirait plus qu'un assez médiocre effet aujourd'hui.

1867

39. — 13 avril : *Il faut qu'une porte soit ouverte ou fermée*, proverbe en un acte d'Alfred de Musset (La Marquise).

Ce rôle créé le 7 avril 1848, par madame Allan, avait été repris ensuite par mesdames Denain et Arnould-Plessy.

40. — 11 mai : *La Critique de l'Ecole des femmes*, comédie en 1 acte de Molière (Uranie).

Dans une soirée au Ministère d'Etat. Après les deux premières scènes, une indisposition subite empêcha Madeleine Brohan de continuer son rôle. La pièce a été reprise le 27 du même mois à la Comédie-Française.

1868

41. — 3 février : *Un Caprice*, comédie en 1 acte d'Alfred de Musset (madame de Léry).

Le rôle, créé par madame Allan, a été joué successivement par les deux sœurs Brohan, Augustine et Madeleine.

42. — 6 mars (création) : *Un Baiser anonyme*, comédie en 1 acte, en prose, de MM. Albéric Second et Jules Blerzy.

On avait d'abord joué la pièce le 15 novembre 1867 au palais de Saint-Cloud, jour de la fête de l'Impératrice. L'un des auteurs, M. Blerzy, était ancien agent de change. Il est décédé le 28 octobre 1874.

43. — 27 juin : *Une Chaîne*, comédie en 5 actes de Scribe (Louise).

Continuation des brillants débuts de Frédéric Febvre, qui joue pour la première fois le rôle d'Emeric.

44. — 31 octobre (création) : *Histoire ancienne*, comédie en 1 acte de MM. Edmond About et de Najac (Clotilde).

La pièce n'a que deux personnages : M. Coquelin aîné crée le second, Georges de Gaille. Les deux interprètes de cette bluette légère l'avaient d'ailleurs déjà représentée plusieurs fois dans divers salons avant son arrivée à la scène.

1869

45. — 9 juin (création) : *Juan Strenner*, drame en 1 acte en vers de Paul Déroulède (C. Strenner).

La pièce avait d'abord plusieurs actes que l'auteur a dû resserrer en un seul « dans lequel elle étouffe. » Madeleine Brohan y joue le rôle le plus marqué où elle ait jusqu'alors paru, puisqu'elle est la mère de Delaunay. Cette pièce, qui est le début de M. Déroulède, a la bonne fortune de n'avoir que des sociétaires pour interprètes : Maubant, Delaunay, Coquelin, Lafontaine et Madeleine Brohan.

46. — 6 décembre (création) : *Lions et Renards*, comédie en 5 actes, en prose, d'Emile Augier (Octavie).

La pièce devait d'abord s'appeler *Mademoiselle de Birague*. Sur la réclamation d'un membre existant de cette famille, le comte de Birague-d'Apremont, Augier fut obligé de changer son titre ; mais, d'un commun accord, le nom ne fut pas modifié à la scène. La pièce est une des moins bonnes d'Emile Augier. Elle ne fit pas recette. La dixième soirée ne donnait que 2,873 francs. *Lions et Renards* disparut de l'affiche après vingt-neuf représentations seulement, quinze en 1869 et quatorze en 1870.

1870

47. — 5 mars : *La pluie et le beau temps*, comédie en 1 acte de Léon Gozlan (baronne de Gontran).

Avant d'arriver au Théâtre-Français, où elle a été jouée pour la première fois le 21 octobre 1861 par Bressant et madame Plessy, le joli marivaudage de Gozlan avait été représenté d'abord dans une soirée, chez M. Jules Sandeau, puis aux Tuileries devant la Cour Impériale. Cette pièce n'a jamais quitté le répertoire.

1871

48. — 8 janvier : *Bataille de dames*, comédie en 3 actes de Scribe et Legouvé (La comtesse).

Très belle recette pour un jour du siège où le prix des places est diminué : 2,149 francs 50 ; on donne encore *Une Tempête dans un verre d'eau* et divers intermèdes poétiques.

1872

49. — 16 mai : *Le Chandelier*, comédie en 3 actes d'Alfred de Musset (Jacqueline).

1875

50. — 25 février : *Le Verre d'eau*, comédie en 5 actes de Scribe (La duchesse).

Mademoiselle Reichemberg joue également pour la première fois le rôle d'Abigaïl.

51. — 27 avril : *Gabrielle*, comédie en 4 actes d'Emile Augier (Adrienne).

Le rôle a été créé par madame Allan. La distribution actuelle met en présence des interprètes nouveaux : Thiron (Tamponnet), Coquelin (Julien), Prudhon (Stéphane), mademoiselle Sarah Bernhardt (Gabrielle).

52. — 17 mai (création) : *La grand'maman*, comédie en 4 actes de M. Ed. Cadol (La comtesse).

1876

53. — 14 février : *L'Etrangère*, comédie en 5 actes d'Alex. Dumas fils (La Marquise de Rumières).

54. — 22 février : *Il ne faut jurer de rien*, comédie en 3 actes d'Alfred de Musset (La baronne).

C'est dans cette pièce que parut pour la dernière fois Madeleine Brohan à la Comédie-Française le 30 décembre 1884.

1877

55. — 4 juin : *Le Marquis de Villemer*, comédie en 4 actes de George Sand (La marquise).

Le rôle a été créé à l'Odéon par madame Ramelli en 1864. — Ce même soir, rentrée de Worms, et inauguration au foyer public de la statue assise de George Sand, sculptée par son gendre Clésinger, et cédée à la Comédie-Française par M. Emile de Girardin.

1878

56. — 27 février : *Les Caprices de Marianne*, comédie en 3 actes d'Alfred de Musset (Hermia).

Représentation au bénéfice de Bressant, que son état de santé empêche de reparaître sur la scène. On joue, en outre, *l'Eté de la Saint-Martin, Monsieur de Pourceaugnac*, des fragments d'un *Otello* de J. Aicard, et un intermède musical, dans lequel on entend madame Carvalho et M. Faure. La recette s'élève au chiffre énorme de 30,285 francs.

1879

57. — 14 mars : *Les Femmes savantes*, comédie en 5 actes de Molière (Philaminte).

58. — (à Londres). *Mademoiselle de la Seiglière*,

comédie en 4 actes de Jules Sandeau (La baronne de Vaubert).

Madeleine Brohan a repris, depuis, le même rôle à Paris.

1881

59. — 25 avril (création) : *Le Monde où l'on s'ennuie*, comédie en 3 actes de M. Edouard Pailleron (La duchesse de Réville).

Madeleine Brohan a joué ce rôle 250 fois à la Comédie-Française et n'y a jamais été remplacée qu'après sa retraite définitive. C'est madame Céline Montaland qui a repris ce rôle le 15 novembre 1885.

La centième représentation a eu lieu le 21 novembre 1881.

LISTE ALPHABÉTIQUE
DES
ROLES REPRIS OU CRÉÉS
PAR
MADELEINE BROHAN
A la Comédie-Française

LISTE ALPHABÉTIQUE

DES ROLES REPRIS OU CRÉÉS

PAR MADELEINE BROHAN

A LA COMÉDIE-FRANÇAISE [1]

Amphitryon, 35.
Bataille de dames, 48.
Bourgeois (Le) gentilhomme, 36.
Caprices(Les) de Marianne, 7, 56
Chandelier (Le), 49.
Cheveu blanc, (Le) 34.
Contes (Les) de la reine de Navarre, 1.
Critique (La) de l'Ecole des femmes, 40.
Demoiselles(Les) de Saint-Cyr, 9.
Deux (Les) Ménages, 26.
Deux (Les) Veuves, 30.
Doigts (Les) de fée, 24.
Ecole (L') des Vieillards, 12.
Etrangère (L'), 53.
Femmes (Les) savantes, 57.
Gabrielle, 51.
Gageure (La) imprévue, 6.
Grand (La) maman, 52.
Histoire ancienne, 44.
Il faut qu'une porte soit ouverte ou fermée, 39.
Il ne faut jurer de rien, 54.
Jeu (Le) de l'amour et du hasard, 3.
Joueur (Le) de flûte, 29.
Juan Strenner, 45.
Legs (Le), 5.
Lion (Le) amoureux, 38.
Lions et renards, 46.
L'un et l'autre, 11.
Mademoiselle de Belle-Isle, 23
Mademoiselle de la Seiglière, 10, 58.
Malaria (La), 15,
Mari (Le) de la veuve, 17.
Mariage (Le) de Figaro, 28.
Marquis (Le) de Villemer, 55.
Misanthrope (Le), 4.
Monde (Le) où l'on s'ennuie, 59.
Niaise (La, 2.

1. Chaque numéro se rapporte à ceux de a liste précédente.

Avis. — Le portrait de Madeleine Brohan, qui se trouve en tête de cette brochure, la représente dans *le Monde où l'on s'ennuie*.

Imprimerie générale de Châtillon-sur-Seine. — A. Pichat.

www.ingramcontent.com/pod-product-compliance
Ingram Content Group UK Ltd.
Pitfield, Milton Keynes, MK11 3LW, UK
UKHW020209200726
13856UKWH00004B/1269